Maja Gerber-Hess

Opa und ich

Maja Gerber-Hess

Opa und ich

mit Illustrationen
von Heike Herold

HERDER

FREIBURG · BASEL · WIEN

Ich heiße Jonas und bin ein Angsthase.

Mein Opa sagt, als er klein war, sind Jungs mutig und tapfer gewesen. Sie haben sich auf die Zähne gebissen und nie geweint, wie ich es dann und wann tue.

Mama behauptet, man müsse nur an etwas Wunderbares und Schönes denken, wenn man sich fürchte, dann werde die Angst wie ein Spuk verschwinden. Wenn ich mich fürchte, fällt mir aber nie etwas Wunderbares und Schönes ein.

Opa ist groß, er hat einen Schnauzbart und einen runden Bauch, der, wenn er lacht, wackelt wie ein Pudding. Er wackelt jedoch selten, weil Opa selten lacht.

Kann er vielleicht nur so selten lachen, weil sein Enkel ein Angsthase ist?

»Aus dir machen wir jetzt einen richtigen Jungen!«, hat er am Telefon gesagt, als er erfuhr, dass ich für zwei Tage zu ihm kommen werde. »Deine Mama und dein Papa werden staunen, wenn sie dich wieder abholen!«

Mama und Papa behaupten, Opa sei ein lieber Mensch, bloß seit Omas Tod etwas einsam und verbittert.

Ich habe einen Kloß im Hals, während Opa und ich unserm blauen Auto nachwinken, das nun um die Ecke von Fehlmanns Haus verschwindet. Meine Zunge fühlt sich an wie eine dicke Kröte.

Ich wünschte, ich wäre noch so winzig wie mein Bruder Wendelin, der in Mamas Arm liegen und am Fläschchen nuckeln darf.

Opa blickt auf seine Armbanduhr, sie hat ein riesengroßes Zifferblatt, weil Opa schlecht sieht.

»Wir haben genau 50 Stunden Zeit, um aus dir einen mutigen und tapferen Jungen zu machen«, rechnet er befriedigt aus. »Beginnen wir gleich damit!«

Da steigen bereits Tränen in mir hoch, aber ich beiße auf die Zähne, dass sie knirschen.

Opa fasst mich an der Hand und zieht mich ins Haus. Ich mag sein Haus nicht, die Zimmer sind hoch und dunkel, und im Gebälk knackt es unheimlich. Manchmal krabbeln Spinnen zwischen den Balken hervor.

»Setzt dich an den Küchentisch!«, verlangt Opa. »Zuerst essen wir etwas, damit du stark wirst, du dünne Maus!«

Ich bin nicht nur ein Angsthase,
ich bin auch eine Maus!

Brot und Wurst und Gurken in einem Glas stellt Opa auf den Tisch. Dann setzt er sich mir gegenüber. Seine Augen funkeln unter struppigen Brauen, die wie Schirmchen vorstehen.

»Nun iss schon, Jonas!«, fordert er mich auf.

Da kriege ich auch schon nichts mehr runter, es würgt mich in der Kehle.

Opa beißt krachend in ein Stück Brot. »Was ist?«, fragt er zwischen zwei Bissen. »Weshalb isst du nichts?«

»Ich weiß nicht ... Wollen wir vielleicht die Lampe anzünden, es ist so dunkel hier in der Küche«, stottere ich. »Ich bin auch kein bisschen hungrig!«

Opa hält mit Kauen inne und blickt sich um.

»Wenn's weiter nichts ist!«, sagt er, steht auf und stößt die beiden Fensterläden auf. Wie ein Schwall ergießt sich das Sonnenlicht in die Küche, gleich sieht alles nicht mehr so unheimlich aus.

Aus dem Garten der Familie Fehlmann hört man Kindergeschrei. Könnte ich doch mit ihnen spielen, statt allein mit Opa in der Küche zu sitzen! Doch dann erinnere ich mich an den großen Jungen namens Dennis, der so gut Korbball spielen kann und mich bei meinem letzten Besuch auslachte, weil ich den Korb nie traf. Nun hoffe ich, dass ich nicht mit den Kindern spielen muss.

Ich esse eine Gurke, einen Bissen Brot und tunke ein Stück Wurst in den Senf. Opa schaut mir zufrieden zu.

»So ist's richtig!«, stellt er fest und streicht mit der Hand über seinen Wackelbauch. »Ein Junge muss essen, damit er groß und stark wird!«

Wie ich Opa beim Geschirrspülen helfen will, rutscht mir ein Teller aus der Hand und zerscheppert am Boden in tausend Stücke.

»Du hast wohl auch noch zwei linke Hände!«, seufzt Opa und holt Schaufel und Wischer aus dem Schrank. Und ich beginne zu heulen.

Ich bin ein Angsthase,
eine Maus
und habe zwei linke Hände.

»Nun hör schon auf zu weinen!«, beschwichtigt mich Opa. »Halb so schlimm, wenn's weiter nichts ist!« Er kniet nieder und kehrt die Scherben zusammen.

Danach gehen wir die Treppe hinauf und Opa zeigt mir das Zimmer, in dem ich übernachten soll. Ich war noch nie allein bei Opa, bis jetzt waren immer Mama und Papa und später auch noch Wendelin mit dabei. Wir hatten Matratzen auf den Boden gelegt und hatten eine Menge Spaß, und nachts hörte ich Mama und Papa miteinander wispern, bis ich eingeschlafen war.

Heute werde ich zum ersten Mal allein in diesem Dachzimmer übernachten – null Vorfreude empfinde ich, nur ein tiefes Unbehagen. Opa hilft mir, meinen Rucksack auszupacken, und er schaut zu, wie ich meine Stofftiere auf das Kissen lege.

»Nun gehst du doch zur Schule und spielst noch mit Stofftieren!«, wundert er sich kopfschüttelnd.

Ich gucke zur Decke, ob ich eine Spinne entdecken kann.

Was, wenn ich nachts aufs Klo muss? Das Treppenhaus mit den knarrenden Stufen ist dunkel und hat keine Lampen! Ob Mama meine Taschenlampe eingepackt hat?

Mit fliegenden Händen beginne ich meine Sachen zu durchwühlen.

»Was suchst du?«, erkundigt sich Opa mit gerunzelter Stirn. Beidseits seiner Nase verlaufen zwei Furchen zu den Mundwinkeln.

»Meine Taschenlampe! Ich brauche sie, wenn ich nachts …, ich kann sie nicht finden!«

»Wenn's weiter nichts ist!«, beruhigt mich Opa. »Du kannst meine benützen. Jetzt komm! Wir wollen die Fehlmanns begrüßen! Kai und Dennis warten schon auf dich!«

Kai und Dennis sind beide größer als ich und stärker. Dennis' Stimme ist laut und er hat Muskeln wie ein Bodybuilder. Hinter Opa steige ich die steile Stiege hinunter. Auf der zweitletzten Stufe rutsche ich aus und schlittere an seinen Beinen vorbei in den Flur.

»Du Pechvogel!«, ruft er aus.

Ich bin ein Angsthase,
eine Maus,
habe zwei linke Hände
und bin ein Pechvogel.

Opa hilft mir beim Aufstehen. Mein aufgeschlagenes Knie blutet, alle meine Glieder schmerzen, die Tränen beginnen mir über die Wangen zu rinnen. Die Zähne zusammenbeißen!

Opa holt ein großes Heftpflaster und klebt es nach einem prüfenden Blick auf die Wunde.

»Du hast Glück gehabt! Wenn's weiter nichts ist ...«, stellt er fest und streichelt mir wie einem Hund übers Haar.

»Nun kann ich aber nicht Korbball spielen!«, fällt mir erleichtert ein.

Opa setzt sich ungerührt seine dickglasige Brille auf die Nase und zieht mich in den Garten. Nun muss ich sogar hinken, so sehr schmerzt mein Bein! Die Fehlmanns warten bereits auf uns. Über die Hecke hinweg begrüßen wir uns gegenseitig.

Kai und Dennis mustern enttäuscht mein verletztes Knie.

»Spielen Sie an Jonas' Stelle mit?«, erkundigt sich Dennis bei Opa. »Dann kann er Schiedsrichter sein.«

Opa schüttelt zuerst ablehnend den Kopf, hält dann plötzlich inne und willigt ein.

Auch Herr Fehlmann beteiligt sich am Spiel, die beiden großen Männer spielen gegen die beiden kleinen Männer.

Was, wenn Opa wegen seiner schlechten Augen den Korb nicht treffen wird? Wie ein Tausendfüßler kribbelt die Angst durch mich.

Ich kann doch nicht gegen meinen eigenen Großvater entscheiden, auch wenn ich Schiedsrichter bin!

»Kein Schiedsrichter urteilt fair!«, hat zwar erst kürzlich mein Freund Stefan behauptet. Stefan muss es wissen, er spielt Fußball in der Juniorenliga E.

Weil Opa groß ist, kann er den Ball mit der ausgestreckten Hand erreichen, und so trifft er glücklicherweise den Korb beim ersten Wurf. Auch die weiteren gelingen ihm mühelos. Herr Fehlmann hingegen wirft daneben, aber auch Kai gelingt es nicht jedes Mal, den Korb zu treffen. Bis jetzt unentschieden!

Doch dann kommt der entscheidende Wurf von Opa und er knallt daneben, während Dennis mit einem Hechtsprung den Korb erwischt. Ich stehe mit Herzklopfen auf, ich muss jetzt Dennis' Wurf für ungültig erklären, damit Opa nochmals eine Chance kriegt.

Mit hoch erhobener Hand pfeife ich das Spiel ab: »Dennis hat geschummelt, sein Wurf ist ungültig!«, rufe ich. Dennis dreht sich empört nach mir um, Opa kratzt sich im Haar.

»Was soll das?«, fragt er verblüfft. »Was hat er denn gemacht?«

Dennis hat sich inzwischen wie ein Fels vor mir aufgerichtet und schaut auf mich hinunter.

»Du spinnst wohl!«, brüllt er rot vor Ärger. »Du willst bloß deinem Opa helfen! Dir zeig ich's, wart mal ab!«, zischt er dann zwischen den Zähnen noch ganz leise hervor.

»Wir müssen das Spiel jetzt ohnehin beenden«, beruhigt ihn Herr Fehlmann. »Wir sind doch zum Nachtessen eingeladen. Marsch unter die Dusche mit euch!«

Dennis und Kai verschwinden, ohne mich noch zu grüßen, im Haus. Opa und ich kehren durch die Hecke in unsern Garten zurück.

»Du bist ein Spielverderber, Jonas!«, schimpft Opa. »Dennis hat nicht geschummelt, ein Schiedsrichter muss stets fair sein!«

Ich bin ein Angsthase,
eine Maus,
habe zwei linke Hände,
bin ein Pechvogel
und ein Spielverderber!

Nun fließen die Tränen, es hilft nicht, dass ich ganz fest an etwas Wunderbares denke, nämlich, dass Mama und Papa mich in zwei Tagen wieder abholen werden.

Opa betrachtet mich verwundert.

»Was ist denn nun schon wieder los?«, will er wissen.

Es gelingt mir unter Schluchzern hervorzustoßen, weshalb ich ein schlechter Schiedsrichter war. Da setzt sich Opa auf die Bank vor dem Haus. Er zieht mich zu sich hinunter und legt seinen schweren Arm um meine Schultern. Opa nestelt in seiner Hosentasche und zieht schließlich ein Taschentuch hervor. Es ist nicht aus Papier, sondern aus Stoff, es ist weiß und hat einen blauen Rand. Man sieht sogar noch die scharfen Falten, die beim Bügeln entstanden sind.

»Schnäuz dich mal tüchtig«, sagt Opa und hält mir das schöne Taschentuch vor die Nase.

Dann sitzen wir nebeneinander und schauen in

den Garten hinaus. Das Gras steht hoch, da und dort leuchten Blumen zwischen den Grashalmen hervor.

»Welche Blumen sind dir am liebsten?«, frage ich Opa.

Er hält seine Hand wie einen Schirm über die Augen und guckt sich um.

»Blumen?«, fragt er erstaunt. »Stimmt, da hat's wohl noch welche. Weißt du, Jonas, als deine Oma noch lebte, war dieser Garten ein kleines Paradies. Sie hat nämlich nicht nur Gemüse angepflanzt, sondern unzählige Blumensorten. Dort war ein Beet mit Rittersporn, Akelei und Lilien, da stand ein Rosenbäumchen – schade, es ist im letzten Winter erfroren, ich hab's nicht mit Reisig zugedeckt.

Und dort, Jonas, schau, auf der Mauer neben dem Gartentor, dort wuchsen Kapuzinerkresse und gelbes Steinkraut!«

Ich habe Opa noch nie so viel sprechen gehört und schaue ihn überrascht an. Dann blicke ich wieder in den Garten.

Wir haben zu Hause keinen Garten, nur einen Balkon. Mama hat übers Geländer Kistchen gehängt mit roten und gelben Blumen. Nun kriegen wir dann aber bald ein eigenes Haus mit einem Garten. Ich möchte einen so schönen haben wie mein Opa! Er ist verwildert und geheimnisvoll, und wenn man genau hinsieht, ist er noch immer voller Blumen. Ich reiche Opa das Taschentuch zurück und ziehe ihn hoch, führe ihn durch den Garten, der früher ein kleines Paradies war und eigentlich immer noch eines ist.

»Da, Opa, schau, hier wachsen violette Blumen. Und dort, Opa, unter dem Gras sind gelbe Blumen!« Ich schiebe mit dem Fuß das Gras beiseite, damit Opa sie trotz seiner schlechten Augen sehen kann. Wir spazieren durch das kleine Paradies. Um die Blumen, die ich entdecke, genau erkennen zu können, muss Opa sich jeweils hinknien, dann knarren seine Gelenke wie die Balken im Haus. Von den meisten Blumen kennt Opa sogar die Namen. Eine heißt *Sonnenbraut* und eine andere *Tränendes Herz*. Eine heißt *Kuhschelle* und eine andere *Trollblume*. Opa zeigt mir auch *Flammenblumen* und *Sonnenhut*, wir lachen beide über die lustigen Namen. Opa weiß nicht, wie die Blumen zu ihren Namen gekommen sind, er weiß also auch nicht alles!

Wir kehren zum Gartensitzplatz zurück. Opa holt sich einen Krug Most und für mich ein Glas Milch. Wir hören, dass die Fehlmanns am Aufbrechen sind, Dennis und Kai rufen sich etwas zu, der Automotor heult auf. Wie sie im Auto an unserm Garten vorbeifahren, streckt mir Dennis die Zunge heraus, ich kann's genau sehen, obwohl die Fensterscheibe spiegelt. Die Angst fühlt sich an wie ein Schlag in die Magengrube. Morgen wird Dennis sich an mir rächen!

»Wenn's weiter nichts ist!«, grinst Opa da und prostet mir mit seinem Mostglas zu wie einem starken, großen Mann. »Wir beide lassen uns von Dennis nicht kleinkriegen, nicht wahr?«

Jetzt fürchte ich mich weniger.

Opa hat keinen Computer und kein Handy, keinen DVD-Player und auch keinen alten Videorecorder. Er will weder das eine noch das andere anschaffen.

»Früher«, sagt er, »hat man diesen Kram auch nicht gebraucht.«

Ich denke darüber nach.

»Früher war früher, aber jetzt ist jetzt«, finde ich.

Nun überlegt sich Opa, was ich gesagt habe.

»Stimmt!«, sagt er. »Alles zu seiner Zeit, nicht wahr! Aber womit möchtest du denn jetzt spielen, wo es doch hier keine Computer, Handys,

Gameboys und weiß der Kuckkuck, womit ihr sonst noch spielt, gibt?«

»Womit hast du früher gespielt, Opa?«, will ich wissen.

Opa kneift die Augen zusammen, als ob er in sein Inneres blicken würde. Sein Schnauzbart hängt ihm fast bis zum Kinn, er müsste ihn mal kürzer schneiden.

»Mit Holztieren, mit Bauklötzen, mit Spielzeugautos«, zählt er auf. »Wir Jungs haben auch Fußball gespielt, Baumhütten gebaut und aus Holz Ruten und Tiere gebastelt.«

Opas Bauch beginnt zu wackeln.

»Das war was!«, grinst er. »Wir spielten Räuber und kletterten heimlich in Nachbars Garten, und oft genug trafen wir mit unserm Fußball Fensterscheiben!«

Opa muss ein starker und mutiger Junge gewesen sein!

Er steht auf, geht ins Haus und kehrt bald mit einer Schachtel zurück.

»Magst du ein Würfelspiel machen?«, fragt er. Ich nicke, obwohl mir schon wieder etwas mulmig wird. Was, wenn ich verliere?

Aber ich gewinne unser Spiel! Mit Würfeln kann man nicht gut oder schlecht spielen, man hat nur entweder Glück oder keines!

»Du bist eben ein Glückspilz!«, findet Opa.

Ich bin ein Angsthase,
eine Maus,
habe zwei linke Hände,
bin ein Pechvogel,
ein Spielverderber,
aber auch ein Glückspilz!

Opa und ich kochen miteinander. Ich darf Karotten schälen und in Stücke schneiden. Es dauert ein bisschen zu lang.

»Menschenskind, nun mach mal!«, fordert mich Opa auf. »Deine Oma konnte blitzschnell Gemüse putzen! Das hat wie ein Uhrwerk gerasselt, so schnell hat sie gehackt!« Bin ich ein Trödel-Heini? Opa sagt nichts, er sitzt neben mir und wartet.

»Na ja, wenn's weiter nichts ist«, meint er schließlich, »wir haben ja eigentlich Zeit!«

Er nimmt die zerkleinerten Stücke und gibt sie in einen Topf mit kochendem Wasser.

Unser Essen schmeckt gut. Opa erzählt von Mama, die seine Tochter ist. »Immer gut gelaunt«, sagt er. »Ein wahrer Sonnenschein! Sie ist so, wie deine Oma war.«

Ich kann mich nicht mehr gut an Oma erinnern, sie starb, als ich noch klein war, drei oder vier Jahre alt. Opa guckt mich nachdenklich an.

»Du bist anders, schlägst wohl mehr deinem

Vater nach.« Er sieht aus, als ob es ihm lieber wäre, ich wäre wie Oma und Mama.

Bevor ich ins Bett gehen soll, bitte ich Opa, mir eine Geschichte zu erzählen, wie Papa das jeden Abend vor dem Schlafengehen tut.

»Ich kenne keine Geschichte«, brummelt Opa in den Schnauzbart. »Aber du kannst doch lesen, Jonas? Dann lies sie selbst!«

Weil ich noch nicht allein ins Dachzimmer hochgehen mag, frage ich Opa, ob ich die Geschichte hier bei ihm in der Stube lesen darf.

»Wenn's weiter nichts ist«, willigt Opa ein, »so hol dir dein Buch!«

Ich bringe gleich zwei meiner Bücher mit, eines für mich und eines für Opa.

Opa blättert in dem seinen, klappt es aber bald wieder zu und legt es beiseite.

»Meine Augen sind zu schlecht«, erklärt er. »Auch mit meiner Brille kann ich die Schrift kaum entziffern. Ich kann nun leider auch keine Zeitung mehr lesen.« Er sieht ein kleines bisschen traurig aus.

»Soll ich dir vorlesen?«, frage ich und Opa nickt.

Lesen kann ich gut, ich bin der beste Leser in unserer Klasse. Zehn Seiten hat die Erzählung, die ich Opa vorlese, und ich stolpere nur ganz selten über ein Wort. Opa staunt, als ich verstumme.

»Du bist ja eine richtige Leseratte!«, stellt er verblüfft fest.

Ich bin ein Angsthase,
eine Maus,
habe zwei linke Hände,
bin ein Pechvogel,
ein Spielverderber,
ein Glückspilz
und eine Leseratte!

Es hilft nichts, ich muss nun zu Bett, Opa will keine weitere Geschichte mehr hören. Ich putze mir die Zähne, wasche mir mit einem rauen Lappen Gesicht und Hals, dann begleitet Opa mich mit der Taschenlampe zum Zimmer hoch. Ich krieche ins kalte Bett und Opa streicht mir übers Haar, bevor er in die Stube zurückgeht.

Nun bin ich allein. Ich denke daran, dass ich übermorgen nach Hause darf, ich denke an meinen winzigen Bruder Wendelin, der strahlt, wenn ich an sein Bettchen trete, ich denke an die schönen Blumen im kleinen Gartenparadies, ich denke an die friedliche Stimmung, als ich zusammen mit Opa kochte und ihm danach eine Geschichte vorlas. Es hilft nichts, ich habe dennoch Angst. In den Nischen hocken die schwarzen Schatten wie Geister, es knirscht und knarrt im Gebälk. Mit der Taschenlampe leuchte ich die Ecken aus, da wird der Lichtstrahl plötzlich blasser und verschwindet schließlich ganz. Die Batterie ist leer!

Ich richte mich im Bett auf, mein Herzschlag donnert hinter den Rippen. An meinen eiskalten Füßen kitzelt es, als würden Spinnen über sie krabbeln. Und nun muss ich auch ganz dringend aufs Klo.

Ich presse die Zähne aufeinander und klemme die Beine zusammen. Dann werfe ich die Decke weg und taste mich auf den Flur, steige die dunkle Stiege hinunter. Mein Knie schmerzt noch immer, ich trete ganz vorsichtig auf.

Opa ist inzwischen auch zu Bett gegangen, bestimmt schläft er schon. Ich darf ihn nicht wecken, sonst enttäusche ich ihn! Er will doch aus mir einen richtigen Jungen machen!

So setze ich mich in die Küche auf einen Stuhl, aber jetzt ist es hier nicht mehr behaglich warm. Opa hat über Nacht den Heizstrahler ausgeschaltet, und im Ofen glimmt nur noch eine letzte Glut.

Was soll ich bloß tun? Vom Fenster aus blicke ich zu den Fehlmanns hinüber, da und dort brennt noch ein Licht hinter den zugezogenen Gardinen. Dennis und Kai schlafen bestimmt im selben Zimmer und überlegen sich, wie sie sich morgen an mir rächen können, weil ich kein fairer Schiedsrichter war! Ich hoffe, dass es morgen regnen wird und Opa und ich den ganzen Tag im Haus verbringen müssen.

Dann höre ich, dass aus Opas Zimmer ein Schnarchen dringt. Opa schläft tief! Wenn ich ganz leise bin, gelingt es mir vielleicht, ohne ihn zu wecken, ins leere Bett der Oma zu schlüpfen,

das unberührt und zugedeckt noch immer neben Opas Bett steht!

Zitternd vor Kälte öffne ich leise Opas Schlafzimmertür. Sein Scharchen klingt wie eine Säge. Über Omas Bett ist eine Decke ausgebreitet, ich zupfe sie in Zeitlupentempo weg. Unter der Decke wölben sich noch immer dicke Kissen, sie riechen muffig, ein bisschen wie faule Äpfel. Dennoch schlüpfe ich ins Bett und rutsche dicht zu Opa hinüber. Jetzt brauche ich mich nicht länger zu fürchten. Kein Einbrecher wird es wagen, dieses Zimmer zu betreten, wenn er Opas Schnarchen hört, und keine Spinne wird über uns krabbeln wollen.

Opa und ich schlafen tief und lang und gut. Irgendwann wache ich kurz auf. Da merke ich, dass Opa meine Hand umfasst hält. Danach träume ich einen schönen Traum von Mama und Wendelin, und Wendelin hat einen Schnauzbart wie mein Opa.

Doch als ich aufwache, schäme ich mich, weil ich schon wieder ein Angsthase war. Opa wendet sich zu mir, das ganze Bettgestell beginnt wie ein Schiff zu schaukeln.

»Es tut mir leid«, wispere ich, bevor er schimpfen kann. »Die Batterie der Taschenlampe war leer, und …«

»Wenn's weiter nichts ist!«, brummt Opa. »Komm, schlafen wir noch eine Runde! Es regnet ohnehin.«

Da erinnere ich mich wieder daran, dass ich nicht nur ein Angsthase, sondern auch ein Glückspilz bin, bevor ich weiterschlafe.

Zum Frühstück darf ich Kaffee trinken wie ein richtig großer Junge. Wir tunken Brot in die Tassen, das darf ich zu Hause niemals tun. Opa sagt aber, dass Erwachsene auch nicht immer wissen, was man tun und was man nicht tun darf. Als Opa den Kaffee trinken will, fällt sein Schnauzbart in die Brühe, sie tropft danach auf den Tisch, ein kleiner brauner See entsteht.

»Wenn's weiter nichts ist!«, sagt Opa und wischt ihn mit der Handfläche trocken. Wir stoßen auch noch hart gekochte Eier gegeneinander, obwohl Ostern längst vorbei ist.

Bei Opa ist eben alles anders.

Dann klingelt es an der Türe, ich ahne, wer es

ist, und will Opa eben bitten, nicht zu öffnen, da steht er auch schon auf.

Kai sieht aus wie ein bissiger Terrier, obwohl er zu lächeln versucht.

»Ich möchte nur fragen, ob Jonas zu uns kommt, wir wollen zusammen spielen«, sagt er

und strahlt scheinheilig in die Runde. Opa hat mir den Rücken zugewandt, er kann meinen flehenden Blick nicht sehen.

»Sicher!«, erwidert er munter. »Das wird dir Spaß machen, nicht wahr Jonas!«, meint er über die Schultern. »Wir sitzen aber noch beim Frühstück, Kai!«

»Okay!«, sagt Kai. »Wir warten dann drüben auf Jonas!« Er neigt sich zur Seite, um an Opas Bauch vorbei zu mir blicken zu können und fletscht seine Zähne zu einem Grinsen.

Opa kehrt zum Tisch zurück. »Du brauchst nicht beim Abwasch zu helfen«, sagt er. »Wenn du lieber gleich schon zu den Fehlmanns hinübergehen möchtest ...«

»Ich möchte zuerst noch ein Stück Brot und Marmelade!«, behaupte ich, obwohl ich kein bisschen hungrig bin.

»So ist's recht!«, freut sich Opa. »Die Landluft tut dir gut!« Er schneidet ein Stück Brot ab, bestreicht die Scheibe mit einer dicken Schicht Butter und gibt dann noch Erdbeermarmelade darauf.

Ich esse ganz, ganz langsam. Opa schaut eine

Weile lang zu, da schneidet er sich selbst noch eine Scheibe Brot ab.

»An einem Sonntag darf man mehr essen als an einem Wochentag«, findet er.

Ich habe bald keinen Speichel mehr im Mund, jeden Bissen kaue ich, bis er im Gaumen klebt. Aber irgendwann habe ich das Brot aufgegessen.

»Willst du nun rüber zu …?«, beginnt Opa.

»Darf ich zuerst noch ein bisschen Käse haben?«, unterbreche ich ihn. Opa schneidet mir freudig ein Stück vom Käseleib ab. Als Opa sich in der Küche zu schaffen macht, stopfe ich das Käsestück hastig in die Hosentasche.

»Willst du jetzt rüber zu …?«, beginnt Opa.

»Hast du noch Wurst?«, unterbreche ich ihn.

»Himmel, du isst ja heute wie ein richtiger Wolf!«, staunt Opa.

Auch die Wurst verschwindet im Hosensack.

»Willst du jetzt rüber zu …?«, beginnt Opa.

»Hast du noch hart gekochte Eier?«, frage ich.

Opa will mir eben ein Ei reichen, hält aber in seiner Bewegung plötzlich inne. Er blickt mich scharf an, unter den buschigen Brauen funkeln seine Augen wie schwarze Diamanten.

»Nun sag mal, du fürchtest dich doch nicht etwa vor Dennis und willst mit deiner ungewohnten Esserei Zeit schinden?«, erkundigt er sich in strengem Tonfall.

Ich sacke in meinem Stuhl zusammen. Was soll ich bloß antworten? Opa kommt um den Tisch herum, zieht mich hoch und mustert mich von Kopf bis Fuß. Er bemerkt die ausgebeulten Hosentaschen, greift hinein und zieht ein matschiges Stück Käse hervor.

»So ist das also«, sagt er gedehnt. Dann beginnt zuerst sein Bauch zu wackeln und bald dröhnt sein Lachen durch die Küche.

»Du verflixter Schlaumeier!« , ruft er aus.

Ich bin ein Angsthase,
eine Maus,
habe zwei linke Hände,
bin ein Pechvogel,
ein Spielverderber,
ein Glückspilz,
eine Leseratte
und ein Schlaumeier!

Ich muss alles, was in der Hosentasche war, auf den Küchentisch legen. Opa setzt sich neben mich.

»So«, beginnt er, »jetzt will ich dir etwas sagen: Dennis hat vermutlich längst vergessen, dass du gestern ein schlechter Schiedsrichter warst. Doch wenn du jetzt nicht gehst, erinnert er sich daran und hält dich für einen Feigling. Jetzt nimm mal deinen ganzen Mut zusammen und mach dich auf die Socken!«

»Er wird mich zusammenschlagen!«, wimmere ich, den Tränen gefährlich nahe.

»Quatsch!«, sagt Opa. »Das wird er nicht wagen. Er wird dich höchstens ein bisschen aufziehen oder auslachen. Und wenn's weiter nichts ist … Nun, das kannst du ertragen, Jonas!«

Es bleibt mir keine Wahl, ich muss zu den Fehlmanns gehen. Es regnet noch immer in Strömen, dennoch nehme ich nicht die Abkürzung durch die Hecke, sondern wähle den weiteren Weg ums Haus herum. Ich hoffe auf ein

Erdbeben. Auf eine Feuersbrunst, auf eine Überschwemmung. Nichts geschieht. Vor der Haustüre lasse ich mir so viel Schönes wie nur möglich durch den Kopf gehen. Es ist allerdings nicht viel möglich in der kurzen Zeitspanne, bis Kai die Türe öffnet.

Ich gehe mit ihm die Treppe hinauf, nachdem ich seine Eltern begrüßt habe. Es beruhigt mich, dass sie ebenfalls im Haus sind, sie könnten mir zu Hilfe eilen, wenn ich laut genug schreie.

Dennis scheint über Nacht noch gewachsen zu sein.

»Na, wen haben wir denn da?«, grinst er und lässt seine Hand wie eine Bärenpranke auf meine Schulter fallen. »Komm rein, lieber Freund!«

Ich beiße die Zähne zusammen. Jetzt gilt es, stark wie die Jungs von früher zu sein, damit Opa auf mich stolz sein kann.

Dennis und Kai fragen mich aus. Wie geht's deiner Mami? Deinem Papi? Deinem winzigen Baby-Bruder? Deinem Kanarienvogel? Nach jeder Antwort von mir brechen sie in Gelächter aus.

Na, wenn's weiter nichts ist! Das kann ich ertragen.

Dann wollen sie, dass wir am Boden ihr Playmobil-Indianerdorf aufbauen. Immer, wenn ich mühsam einige Teile zusammengefügt habe, werfen sie diese »aus Versehen« wieder um. Sie brüllen dann vor Lachen. Na, wenn's weiter nichts ist! Das kann ich ertragen.

Nachdem sie das drei-, viermal gemacht haben, finden sie es wohl selber nicht mehr so lustig, vor allem, weil ich noch immer nicht weine.

Kai zupft mich am Haar. »Mädchenfrisur!«, findet er.

Dennis boxt mich in die Seite. »Null Muskeln«, spottet er.

Kai tritt mir auf den Fuß. »Plattfüße«, stellt er fest.

Dennis verpasst mir eine Kopfnuss.

Ich überlege krampfhaft, was es Schönes gibt, und beiße die Zähne zusammen. Dennoch spüre ich, dass die Tränen hochsteigen und meine Schultern zu zucken beginnen.

Doch gerade, noch bevor die erste Träne rollt, geht die Zimmertüre auf. Frau Fehlmann guckt fassungslos auf uns hinunter.

»Was macht ihr mit Jonas?«, will sie wissen, und ihre Stimme bebt vor Zorn. »Ihr geht doch nicht etwa zu zweit auf einen Jüngeren los!«

Dennis scheint zu schrumpfen, Kai aber blickt mich bittend an. Da werde ich ganz groß und stark, aber so, dass man es nicht sieht, sondern nur hören kann.

»Quatsch!«, sage ich und ziehe meinen Mund breit wie ein Clown. »Wir spielen Cowboys!«

»Na dann!«, stößt Frau Fehlmann erleichtert aus. »Das sah ja eben ganz anders aus, ich dachte schon, sie schlagen dich, die beiden sind nämlich manchmal richtige Raufbolde.« Sie zieht die Türe

wieder zu und nun ist es still im Zimmer. Dennis scharrt mit dem Fuß auf dem Teppich und Kai räuspert sich ausgiebig.

Dann streckt mir Dennis die Hand entgegen, Kai tut es ihm gleich. »Frieden?«, wollen sie beide wissen. Na, wenn's weiter nichts ist! Ich willige mit einem Handschlag ein.

Und danach spielen wir fast wie Freunde.

Um die Mittagszeit eile ich zu Opas Haus zurück, so leichtfüßig, als hätte ich Flügel.

Opa sitzt am Stubentisch und zählt Einzahlungsscheine zusammen.

»Na, war's nun so schlimm?«, will er wissen.

Ich schüttle den Kopf und frage, ob ich ihm helfen soll. Rechnen kann ich nämlich fast so gut wie lesen. Doch Opa sagt, ich müsse Papa und Mama anrufen, die wollten mit mir sprechen.

Ich wähle die Nummer von zu Hause, Papa meldet sich kurz darauf. Nun kann ich erzählen vom reichlichen Frühstück, von Dennis und Kai und vom Sonntagsbraten, der im Ofen schmort und bereits herrlich duftet.

Papa erzählt von Wendelin und Mama, und er

verspricht, mich am folgenden Nachmittag abzuholen.

»Du hast doch kein Heimweh?«, versichert er sich. Mir fällt erst jetzt ein, dass ich, seit ich aufgewacht bin, noch kein Heimweh hatte! Na ja, ein kleines bisschen, als ich vor der Haustüre der Fehlmanns stand.

Nachdem ich den Hörer aufgelegt habe, will ich Opa von Wendelin und Mama erzählen, doch er brummelt: »Kannst du noch für fünf Minuten die Klappe halten? Ich bin am Rechnen! Himmel, du bist ja eine richtige Plaudertasche!«

Ich bin ein Angsthase,
eine Maus,
habe zwei linke Hände,
bin ein Pechvogel,
ein Spielverderber,
ein Glückspilz,
eine Lesratte,
ein Schlaumeier
und eine Plaudertasche!

Der Sonntagsbraten ist saftig, und die Kartoffeln sind so knusprig, dass es beim Kauen knackt. Den Fenchel mag ich nicht so gerne, aber ein Stück muss ich dennoch essen. Opas Schnauzbart wird von der feinen Sauce durchtränkt.

»Den muss ich dir schneiden!«, sage ich, als er ihn mit der Serviette trocken tupft. Opa tastet mit der Hand am Schnauz und nickt.

»Stimmt«, stellt er fest, »jetzt ist er zu lang! Aber wenn du mir den Schnauzbart schneidest, darf ich dir dafür die Haare im Nacken schneiden, die sind nämlich auch viel zu lang.«

Ich will gerade antworten, dass ich dann lieber darauf verzichte, seinen Schnauzbart zu schneiden, da fällt mir ein, dass Dennis und Kai behauptet haben, ich hätte eine Frisur wie ein Mädchen. Und wie ein Mädchen will ich nicht aussehen, Mädchen sind doof. Fast alle wenigstens, nur die Lea in meiner Klasse ist eigentlich ganz nett. Vielleicht denkt aber auch sie, dass ich das Haar zu lang trage, manchmal schaut sie mich nämlich so komisch an, als wollte sie mir etwas sagen.

Nach dem Essen schneidet mir Opa die Haare etwas kürzer, setzt sich dann selber auf den Stuhl und reicht mir die Schere.

»Aber nicht, dass du mich in die Nase zwickst! Du darfst nur die beiden Enden kürzen!«, warnt er mich.

Meine Hand zittert, als ich mich Opas Schnauzbart nähere, und plötzlich ist sie wieder da, diese Angst, die ich so gut kenne.

Wenn ich in Opas Nase schneide! Wenn ich seinen Schnauz nicht schön stutzen kann! Wenn ich ihn mit der Scherenspitze in die Lippen steche!

Aber dann gelingt es mir recht gut, vom Schnauzbart auf beiden Seiten ein Stück abzuschneiden. Opa sieht danach zufrieden aus, als er in den Spiegel schaut. Und ich gefalle mir selber auch besser, jetzt sehe ich nicht mehr aus wie ein doofes Mädchen.

»Und nun«, sagt Opa, »gehst du für eine Stunde in dein Zimmer. Du kannst lesen oder schlafen oder sonst was tun, ich brauche jetzt einen kleinen Sonntagsschlaf!«

Ich will aber nicht ins Dachzimmer hinauf zu den Spinnen und den Geistern! Ich druckse ein bisschen herum, tu, als ob ich die Küche sauber mache, gucke aus dem Fenster, der Regen hat glücklicherweise aufgehört, es sieht aus, als ob bald die Sonne scheinen würde.

»Ruhe!«, ruft Opa aus dem Schlafzimmer. »Ich

mag es nicht, wenn du ständig mit etwas schepperst!«

Da steige ich ganz laut die Treppe hoch, hole mein Buch und kurz danach kehre ich ganz, ganz leise wieder zurück. Ich setze mich auf die unterste Treppenstufe und lese. Wie gut, dass ich eine Leseratte bin! Opas Schnarchen dringt bis zu mir.

Es muss mich eingeschläfert haben, denn ich erwache mit einem Ruck, als er seine Hand auf meinen Kopf legt.

»Was um Himmels Willen machst du auf der Treppenstufe?«, ruft er verwundert aus.

Ich wage nicht zu gestehen, dass ich mich auch bei Tag im Dachzimmer fürchte, und gucke verlegen zu meinen Füßen hinunter.

»Komm, wir setzen uns vors Haus!«, sagt Opa schließlich. »Die Sonne scheint nun wieder.«

Er reibt mit einem Lappen die letzten Tropfen von der Bank.

»Ein wenig feucht ist sie noch immer«, stellt er fest, nachdem er prüfend seine Hand auf die Sitzfläche gelegt hat. »Wenn's weiter nichts ist …, kriegen wir eben einen nassen Hintern!«

»Du brauchst dich im Dachzimmer nicht zu fürchten!«, sagt er dann, als wir nebeneinandersitzen. »Es ist doch richtig kuschelig dort oben! Deine Mutter hat dieses Zimmer geliebt!«

»Ich bin eben ein Angsthase!«, seufze ich. »Hast du nie Angst, Opa?«

Er wedelt mit der Hand durch die Luft, als müsste er Mücken vertreiben.

»Ich bin doch schon alt«, antwortet er dann.

»Fürchten sich alte Menschen nie?«, will ich wissen.

Meine Mama fürchtet sich vor dem Fliegen, ihr wird speiübel, wenn sie in ein Flugzeug steigen soll.

Mein Papa fürchtet sich vor Wespen und Bienen, weil er auf ihre Stiche allergisch ist und krank wird davon.

Wendelin fürchtet sich vermutlich, dass wir ihn zu füttern vergessen, und schreit deshalb so laut.

Mein Freund Stefan fürchtet sich vor Hunden.

Lea, das weiß ich, fürchtet sich vor kaltem Wasser.

Fast alle Menschen, die ich kenne, fürchten sich dann und wann. Vielleicht haben die alten Menschen das Fürchten verlernt?

»Du bist ein richtiger Wunderfitz!«, findet Opa und fällt in Schweigen.

Ich bin ein Angsthase,
eine Maus,
habe zwei linke Hände,
bin ein Pechvogel,
ein Spielverderber,
ein Glückspilz,
eine Leseratte,
ein Schlaumeier,
eine Plaudertasche
und ein Wunderfitz!

»Ich hatte auch schon Angst!«, gibt da Opa plötzlich zu. »Aber das verstehst du noch nicht.«

»Weshalb?«, will ich wissen.

»Du bist noch zu klein«, sagt Opa. Da hat er wohl recht! Aber dann spricht er doch weiter: »Als deine Oma sehr krank war, da hatte ich Angst. Und als sie dann tot war, da fürchtete ich mich vor dem Leben ohne sie.« Es klingt, als ob diese Angst noch viel schlimmer wäre als die Angst vor Spinnen oder Geistern!

Was soll ich bloß sagen? Ich schaue Opa von der Seite an, er hat nun rote und feuchte Augen. Da taste ich nach seiner Hand und lege die meine in seine raue, große und warme, und Opa hält sie fest.

Es ist ganz still jetzt, die Fehlmanns sind wieder weggefahren, wir hören die Vögel singen und es ist nun warm und sonnig geworden.

»Ein richtiger Sonntag!«, sagt Opa und räuspert sich. »Wenn du magst, Jonas, könntest du mir wieder eine Geschichte vorlesen.«

Ich hole das Buch in den Garten und lese Opa drei Kapitel aus Pumuckel vor, und manchmal wackelt Opas Bauch.

Es ist Abend geworden. Opa und ich kochen erneut gemeinsam. Ich wasche Salatblätter und frische Tomaten aus dem Garten. Opa brät Fleisch. Auf dem Herd dampft kochendes Wasser, denn es soll auch noch Nudeln geben. Im Ofen knistert ein Feuer. Wir haben es gut, wir zwei Männer!

Aber an etwas muss ich jetzt schon denken: Ans dunkle Dachzimmer, das Mama liebte und ich fürchte. Hoffentlich sagt Opa, dass ich in Omas Bett schlafen darf! Ihn darum zu bitten getraue ich mich nicht, er will doch aus mir einen richtigen Jungen machen, und von den 50 Stunden, die er dafür Zeit hat, sind bereits 27 vorbei!

Wir essen schweigend, und ich frage mich im Stillen, was Opa wohl macht, wenn ich nicht hier bin. Er ist, hat Papa erzählt, schon lange in Rente, er braucht nicht mehr zu einer Arbeit zu fahren wie Papa oder Herr und Frau Fehlmann.

»Guckst du nie Fernseh?«, frage ich Opa.

»Manchmal schon«, sagt er. »Tierfilme mag ich am liebsten.«

»Ich mag Thomas Gottschalk!«, sage ich. »Aber heute kommt er nicht.« Mama hat nämlich das Fernsehprogramm studiert, bevor wir zu Opa fuhren.

»Es kommt auch kein Tierfilm«, sagt Opa, »das Programm von heute Abend ist nur Müll, da brauchen wir gar nicht erst anzustellen.«

»Was wollen wir denn machen?«, frage ich beunruhigt, weil ich wieder ans Dachzimmer denken muss.

»Was macht ihr denn bei euch zu Hause?«, will Opa wissen.

Zu Hause? Wir sitzen zusammen und reden, wir spielen Karten oder mit Würfeln. Papa hilft mir beim Basteln. Ich mache Hausaufgaben. Manchmal haben wir auch Besuch oder gehen selber jemanden besuchen. So still wie bei Opa ist es bei uns nie.

Opa hört zu, was ich alles aufzähle. »So, so«, sagt er langsam. »Dann hast du es ja richtig gut daheim, nicht wahr?«

Ich nicke und wie ich an unsere Stube denke, kehrt ein klein wenig Heimweh zurück. Ich schaue wieder zu Opa und habe plötzlich Mitleid mit ihm. Er ist groß und stark und tapfer, aber er ist zu oft allein.

»Wenn unser neues Haus fertig gebaut ist, könntest du vielleicht bei uns wohnen«, schlage ich vor. »Da gibt's dann nämlich ein freies Zimmer!«

Ich bringe dann Opa ein lustiges Kartenspiel bei, eines, das Opa noch nicht kannte.

Danach soll ich zu Bett gehen.

Ich wasche gründlich Gesicht und Hals. Ich putze die Zähne, bis sie blitzen. Ich trinke nochmals ein Glas Wasser. Opa sagt nichts davon, dass ich in Omas Bett schlafen soll. Es wird mir nichts übrig bleiben, als ins dunkle Dachzimmer hinaufzusteigen!

»Holst du mir bitte noch rasch den Füller, der auf meinem Nachttisch liegt, Jonas?«, ruft mir Opa nach, als ich auf der vierten Treppenstufe stehe. Blitzartig mache ich kehrt und stoße die Tür zu Opas Schlafzimmer auf. Die Nachttischlampe brennt bereits, ihr Schein fällt auf Opas rot und blau karierte Bettdecke. Und sie leuchtet über das zweite Bett, das nun auch frisch bezogen ist!

Opa grinst hinter mir.

»Nun schlüpf schon unter die Decke!«, fordert er mich auf. Ich wühle mich in die weichen Daunen und denke daran, dass ich ein Glückspilz bin. Opa wälzt sich bald in sein eigenes Bett und löscht das Licht.

»Nicht wahr, du hattest Angst allein in deinem Zimmer!«, kichere ich.

»Genau so ist es«, lacht Opa, und seine Decke juckt auf und ab.

Plötzlich kommen mir meine drei Stofftiere in den Sinn, die nun allein im Dachzimmer übernachten müssen.

»Opa«, wispere ich ins Dunkel hinein. »Kann ich noch rasch meine Stofftiere holen?«

»Wenn's weiter nichts ist …«, murmelt Opa bereits verschlafen. »Dann hol sie, aber dalli, du kleiner Störenfried!«

Ich bin ein Angsthase,
eine Maus,
habe zwei linke Hände,
bin ein Pechvogel,
ein Spielverderber,
ein Glückspilz,
eine Leseratte,
ein Schlaumeier,
eine Plaudertasche,
ein Wunderfitz
und ein Störenfried!

Es riecht nach frisch gebackenem Brot, nach Kaffee und heißer Schokolade. Eine Pfanne scheppert, ein Wasserhahn prasselt, jetzt schlägt eine Schranktüre zu.

Ich öffne die Augen und schließe sie gleich wieder, die Sonne wirft einen grellen Lichtpfeil auf mein Gesicht. Schon Morgen! Ich reibe meine Augen und setze mich auf. In ein paar Stunden werden mich Papa und Mama mit Wendelin hier wieder abholen!

»Opa!«, rufe ich zur Küche. Sein Kopf taucht im Türrahmen auf.

»Steh auf! Das Frühstück ist bereit!«

Unter dem Bett liegen Opas Pantoffeln, ich schlurfe in ihnen zur Küche und rutsche hinter den Tisch. Da stehen wieder frische Butter, Marmelade, Wurst und Käse bereit, und Opa schneidet eben von einem glänzenden Brotlaib ein paar Scheiben ab.

»Zu Haus kriege ich nur Cornflakes!«, erzähle ich. »Isst du immer so viel, Opa?«

Opa reibt sich über seinen Bauch.

»Wie du siehst, das tu ich tatsächlich! Deine Mama schimpft mich deswegen immer mal wieder aus.«

»Mama hatte ja selbst so einen dicken Bauch, als Wendelin noch in ihr war!«, will ich ihn trösten.

»Das war aber wohl doch etwas anderes«, grinst Opa. Er gießt heiße Schokolade in meine Tasse. »Heute gibt's für dich keinen Kaffee! – Nun, wenn du dann wieder zu Hause sein wirst, werde ich weniger essen. Ich habe tatsächlich Übergewicht!«

»Stimmt!«, bestätige ich. »Du bist zu dick! Deshalb musst du so schwer schnaufen, wenn du die Treppe hochsteigst oder dich bückst!«

»Du kleiner Frechdachs!«, ruft Opa aus, aber er lacht dazu.

Ich bin ein Angsthase,
eine Maus,
habe zwei linke Hände,
bin ein Pechvogel,
ein Spielverderber,
ein Glückspilz,

eine Lesratte,
ein Schlaumeier,
eine Plaudertasche,
ein Wunderfitz,
ein Störenfried
und ein Frechdachs!

Beim Frühstück erzähle ich Opa, was sich in Dennis' und Kais Zimmer zugetragen hat und wie tapfer ich war. Dass Frau Fehlmann dazwischenfunkte, lasse ich weg. Opa staunt.

»Da hast du dich aber wirklich tapfer geschlagen! Sagte ich's doch: Aus dir werden wir einen mutigen Jungen machen!«

»Und nachts habe ich sogar noch dich beschützt!«, kichere ich.

»Das war besonders nett von dir! Du hast auf dein geliebtes Dachzimmer verzichtet, bloß um deinen alten Großvater nicht allein lassen zu müssen!«

Opas Falten, die von den Nasenflügeln zu den Mundwinkeln führen, werden breit, und wir prusten beide los.

Später am Morgen will Opa einen Spaziergang machen.

»Das mag ich nicht«, wage ich mich zu wehren. »Spazieren ist langweilig!«

»Du Faulpelz!« lacht Opa. »Wenn's weiter nichts ist! Ich werde schon dafür sorgen, dass du dich nicht langweilst!«

Ich bin ein Angsthase,
eine Maus,
habe zwei linke Hände,

bin ein Pechvogel,
ein Spielverderber,
ein Glückspilz,
eine Leseratte,
ein Schlaumeier,
eine Plaudertasche,
ein Wunderfitz,
ein Störenfried,
ein Frechdachs
und ein Faulpelz!

Wir läuten auch noch an Fehlmanns Haustüre, vielleicht wollen uns Dennis und Kai begleiten, jetzt, wo wir fast Freunde geworden sind. Es bleibt aber alles still im Haus und ihr Auto steht nicht auf seinem Platz.

»Die sind ausgeflogen«, stellt Opa fest, und eigentlich bin ich fast froh. Das ist schließlich mein Opa und nicht der ihre.

Wir gehen zum Waldrand. Opa zeigt mir Schmetterlinge, Raupen, Käfer, Vögel. Er trägt seine Brille mit den dicken Gläsern auf der Nase, die er braucht, wenn er das Haus verlässt. Am Waldrand sammeln wir Reisig und Tannzapfen und Opa entfacht ein Feuer. Er schneidet Ruten von Haselstauden und zeigt mir, wie man Spieße schnitzt, weil ein richtiger Junge das können muss. Dann zaubert er Würste aus der Tasche, und obwohl wir gar nicht mehr hungrig sind, stecken wir sie an unsere Spieße und braten sie über dem Feuer. Es werden die besten Bratwürste der Welt!

Opa breitet seine Jacke aus und wir legen uns ins Gras und schauen den Wolken zu, die über den Himmel fliegen, sie nehmen Formen an.

Da kommt ein Engel, dort ein Vogel, hier ein Dampfschiff, aus dem der Rauch wie Watte steigt. Opa zeigt mit dem Finger zu einer weiteren Wolke, er sieht einen Reiter auf einem Pferd in ihr.

Ich glaube vielmehr einen Esel mit einem Hund auf dem Rücken zu sehen. – »Die Bremer Stadtmusikanten!«, rufe ich aus.

Opa gibt keine Antwort mehr, er ist eingenickt. Seine Atemzüge streifen wie leichte Windstöße mein Gesicht. Ich kuschele mich an seinen Körper, er riecht nach Asche, Holz, Heu und ein bisschen auch noch nach unserer Bratwurst. Und nach Opa.

Als er wieder erwacht, guckt er zuerst auf das Riesenzifferblatt seiner Uhr und setzt sich hastig auf.

»Deine Eltern!«, stößt er hervor. »Vielleicht warten sie schon auf dich!«

In aller Eile zertreten wir die letzte Glut des Lagerfeuers, danach geht's im Laufschritt zurück zu Opas Haus. Da steht tatsächlich bereits unser blaues Auto in der Ausfahrt, eben kommt Papa ums Haus herum. Mama sitzt mit Wendelin in einem Liegestuhl im Garten.

Ich umarme alle, gehe dann zum Dachzimmer hoch und stopfe meine wenigen Kleider in den Rucksack. Innerhalb von fünf Minuten kann ich das nun machen, ohne auch nur ein bisschen Angst und Grauen zu empfinden!

»Wo hast du deine Stofftiere?«, will Mama wissen, als sie bemerkt, dass mein Rucksack nur halb voll ist. »Die liegen noch auf Omas Bett!«, erkläre ich und eile in Opas Schlafzimmer.

Mama folgt mir auf dem Fuß.
»Hast du etwa hier geschlafen?«, will sie wissen, als sie die beiden bezogenen Betten sieht.

»Menschenskind, Jonas, wie hast du das bloß fertig gekriegt? Omas Bett war bis jetzt so etwas wie ein Heiligtum für Opa, das durfte keiner antasten.«

Opa hat unterdessen Gläser und eine Flasche Most geholt, für mich gibt's Traubensaft.

»Na, wie ging's mit unserm Junior?«, will Papa jetzt wissen, wie wir miteinander um den Tisch sitzen.

»Wir sind nicht ganz fertig geworden mit unserm Programm«, komme ich Opa zuvor. »Opa hätte nämlich 50 Stunden gebraucht, um aus mir einen mutigen Jungen zu machen. Jetzt seid ihr aber zu früh, schon nach 48 Stunden wieder gekommen!«

»Wenn's weiter nichts ist!«, lacht Opa. »Vielleicht besuchst du mich ja wieder einmal? Dann holen wir die beiden Stunden nach, im Dachzimmer oben!« Er zwinkert mir verschwörerisch zu.

»Dürfen wir dir Jonas also wirklich hin und wieder anvertrauen?«, erkundigt sich Papa und schaukelt Wendelin im Arm, der zu brüllen begonnen hat.

»Aber sicher!«, bestätigt Opa.

»Weißt du, solange unser Haus in Bau ist, werden wir bestimmt froh sein, ihn dann und wann …«

»Und wenn unser Haus dann fertig ist, muss Opa uns ganz oft besuchen!«, füge ich hinzu.

»Vielleicht dürfen wir ja auch Wendelin einmal bei dir lassen?«, fragt Mama zögernd und versucht, den Schreihals zum Schweigen zu bringen.

Da schüttelt Opa energisch den Kopf. »Wendelin nehme ich nicht! Der ist mir zu klein, ich kann hier nur einen großen und mutigen Jungen wie unsern Jonas gebrauchen!«

Bevor wir abreisen, muss ich aber noch etwas loswerden! Während Mama und Papa Wendelin und meinen Rucksack im Auto verstauen, flüstere ich Opa ins Ohr, dass gestern, als Dennis mir die Kopfnuss verpasste, Frau Fehlmann dazwischengefunkt hat. So richtig mutig war ich also doch nicht!

Opa winkt ab: »Wenn's weiter nichts ist …« Er streicht mir übers Haar. »Komm bald mal wieder, Jonas!«, bittet er. »Du warst für mich ein richtiger Glücksbringer!«

Ich bin ein Angsthase, ein … – ach, was soll's! Ich bin für Opa ein GLÜCKSBRINGER!

Im Auto drehe ich mich zum Rückfenster um und winke Opa nach. Er steht am Gartentor und winkt zurück. Immer kleiner und kleiner wird er, dann kann ich ihn nicht länger sehen, weil wir um die Kurve vor Fehlmanns Haus fahren. Nun muss ich wieder die Zähne zusammenbeißen und an etwas Schönes denken.

Wenn's weiter nichts ist!, überlege ich schließlich, ich werde Opa ja bald wieder besuchen und kann dann wieder sein Glücksbringer sein.

www.herder.de

Umschlaggestaltung: Uwe Stohrer Werbung, Freiburg
Satz: Barbara Herrmann, Freiburg
Herstellung: fgb · freiburger graphische betriebe
www.fgb.de

Gedruckt auf umweltfreundlichem, chlorfrei gebleichtem Papier
Printed in Germany

ISBN 978-3-451-70905-0